DIESES
SCHNEIDERBUCH
GEHÖRT
KLIEM

Sabine Jörg

Echte Freunde

Spürnase Moritz

Illustriert von Frauke Bahr

SCHNEIDER BUCH

Die Deutsche Bibliothek – CIP-Einheitsaufnahme

Jörg, Sabine:
Echte Freunde / Sabine Jörg. – München : Egmont Schneider

4. Spürnase Moritz. – 1999
ISBN 3-505-11078-7

Dieses Buch wurde auf chlorfreies,
umweltfreundlich hergestelltes
Papier gedruckt. Es entspricht den
neuen Rechtschreibregeln.

Der Schneider Verlag im Internet:
http://www.schneiderbuch.de

Titelbild und Illustrationen: Frauke Bahr
Umschlaggestaltung: ART-DESIGN Wolfrath, München
Lektorat: Iris Praël
Herstellung/Satz: Gabi Lamprecht, 13' Times New Roman
Druck: Presse-Druck, Augsburg
Bindung: Conzella Urban Meister, München-Dornach
ISBN 3-505-11078-7

99 00 / 8 7 6 5 4 3 2 1

Inhalt

Endlich Ferien!

Der alte Koffer liegt auf dem Boden. Sein Deckel ist zugeklappt. Aber die Verschlüsse stehen offen. Im Koffer rumort es. Da bewegt sich was. Da kratzt was. Und die Kofferkanten klappern gegeneinander wie ein Gespenstergebiss.

Dommi macht das alles keine Angst. Er sitzt seelenruhig am Tisch und denkt nach: Was soll er eigentlich noch einpacken? Seine Überlebensausrüstung hat er dabei. Mehr braucht er nicht. Oh, doch! Das Hundefutter.

Dommi hebt den Kofferdeckel hoch und lässt zwei Dosen Schippa hineinrollen.

Da springt Moritz auf, wedelt mit dem Schwanz und sieht Dommi aus wachen Augen an.

Seit Dommi den Koffer vom Schrank geholt hat, sitzt Moritz darin. Weder gutes Zureden noch Gewalt helfen. Keiner bringt ihn da raus. Moritz weiß: Mit diesem Koffer verreist Dommi. Und wenn Dommi verreist, will Moritz auch mit. Deshalb hockt er von morgens bis abends im Koffer. Jetzt schnüffelt er an den Dosen und bearbeitet sie mit seinem Gebiss.

Das bringt Dommi auf eine Idee: Mensch! Der Dosenöffner!

Der kommt in die Hosentasche. Nun ist Dommi wirklich bestens ausgerüstet.

„Moritz, raus da!“

Doch Moritz duckt sich in den Koffer, als wäre er hier festgewachsen. „Dann eben nicht!“

Dommi klappt den Deckel zu und klemmt sich den Koffer samt Moritz unter den Arm.

Er schließt die Wohnungstür ab. Dann geht er runter zu Karo.

„Was? Mehr nimmst du nicht mit?“ Karo macht große Augen, als sie den kleinen Koffer sieht. „Und Moritz?“

Vorsichtig setzt Dommi seinen Koffer ab. Heraus springt der muntere Moritz. An seinem Ohr hängt eine Socke. In der Schnauze hält er Dommis Schlafanzug.

Karo lacht. „Ist das alles? Und ich krieg meinen Koffer kaum zu!“

Karos Koffer ist doppelt so breit wie Dommis. Und was sie da alles reingepackt hat! Karo setzt sich drauf und wippt und quetscht alles zusammen. Aber die Sachen quellen an der Seite wieder heraus. Sie kriegt den Koffer einfach nicht zu.

„Kannste bei mir reintun!“, meint Dommi. „Ich hab ja noch Platz!“

„Wirklich? Toll!“ In Windeseile schichtet Karo ihre Sachen um, und schon ist Dommis Koffer fast so voll wie ihrer. „Dann kann ich ja noch ’nen Pullover mitnehmen und vielleicht auch noch meinen langen Rock …“

Dommis Blick fällt auf den Rucksack, der neben Karos Koffer steht, prall gefüllt: „Sag mal, willst du auswandern?“

Karos kleiner Bruder Jakob kommt aus seinem Zimmer und antwortet für seine Schwester: „Die freut sich ja schon so. Haha. Soll sie doch alles mitnehmen! Braucht sie bestimmt in so ’nem verstunkenen Dorf. Wird bestimmt gähnlangweilig. Dann kann sie wenigstens ihr Kuschelbärchen hauen und einen Berg Chips fressen und hat dreihundert T-Shirts zum Tränenabtrocknen. Hahaha!“

Doch Jakob schafft es nicht, seine Schwester wütend zu machen.

Karo streckt ihm die Zunge raus: „Bist ja nur neidisch, dass du nicht mitdarfst, du Zwerg! Mensch, ich freu mich so! Dommi, meinst du, wir brauchen ’ne Taschenlampe?“

„Hab ich dabei!“ Dommi grinst und zieht stolz eine Taschenlampe, ein Messer, eine Zange, einen Draht und sogar Nähzeug aus seiner Hosentasche.

Karo ist begeistert: „Boah, toll!“

Aber Jakob gibt nicht auf: „Bestimmt ist das Essen ekelig, und die Betten sind aus rohen Brettern!“

Karo zeigt Jakob einen Vogel.

„Wahrscheinlich müssen wir eine Wildsau erlegen und in Höhlen übernachten.“

Es klingelt. Vor der Tür steht Lilli:

„Mensch, endlich mal ohne Eltern weg. Ist das nicht Wahnsinn!“ Sie lässt ihre Reisetasche gleich im Hausflur fallen und legt los: „Zehn Tage ohne meine nervigen Schwestern! Zehn Tage! Wundervoll!“

Jakob betrachtet Lilli mit der gleichen Abscheu wie seine Schwester Karo. „Wahrscheinlich sind die anderen Kinder auf dem Bauernhof oberdoof, obernervig, oberbeknackte Ekel!“

„Schlimmer als du können sie ja wohl nicht sein“, antwortet Karo trocken und macht nun endlich ihren Koffer zu.

Dommi sieht nervös auf die Uhr: „Wann kommt deine Mutter denn? In einer halben Stunde geht unser Zug!“

Karo schultert ihren Rucksack: „Sie ist bestimmt gleich hier. Wir können ja schon mal rausgehen!“

Plötzlich hebt Jakob Karos Koffer hoch, trägt ihn ganz brav zur Tür und fragt leise: „Schreibst du mir auch?“

„Na, klar!“, antwortet Karo und zwinkert ihrem Bruder zu.

Das kleine Auto der Vogels hat für vier Leute gut Platz. Aber der Kofferraum ist mit Karos Rucksack und Koffer schon knallvoll. Lilli muss ihre Reisetasche auf den Schoß nehmen. Dommi kurbelt das Seitenfenster runter und lässt sein Köfferchen zum Fenster rausragen.

Moritz hockt eingezwängt zwischen Dommis Beinen. Rühren kann er sich nicht. Nur seine dunklen Augen bewegt er hin und her. Ganz glücklich sieht er dabei nicht aus.

Frau Vogel hat auch noch eine Tasche mit Obst und Getränken dabei, damit den Kindern auf der Fahrt nichts fehlt. Die kommt auf Karos Schoß. Zum Glück ist es nicht so weit bis zum Bahnhof. Für die vielen Ratschläge, die Frau Vogel noch loswerden will, bleibt da nicht viel Zeit: „Geht nicht so spät schlafen! Und ruft mal an!“

„Hier kannst du parken!“ Karo hat eine Lücke entdeckt, direkt vor dem Bahnhof. Die Kinder und Moritz quellen aus dem engen Blechkasten heraus und nehmen ihre Sachen.

„Wer hat eigentlich die Fahrkarten?“, fragt Frau Vogel besorgt.

„Die hab ich doch, Mama“, antwortet Karo leicht genervt. Sie drückt ihrer Mutter noch einen Kuss auf die Wange: „Jetzt musst du gehen! Wir finden Gleis 1 wirklich alleine.“

„Sie dürfen hier sowieso nicht lange parken!“ Lilli streckt Frau Vogel zum Abschied die Hand hin.

Und Dommi ruft ihr zu: „Schöne Grüße noch an Jakob!“

Moritz ist als Erster in der Bahnhofshalle. Unbeschwert schnüffelt er herum, sieht aber immer wieder zu Dommi hoch und scheint zu fragen: Wohin denn nun?

Moritz kommt an die Leine. An Gleis 1 warten schon viele Menschen. Aber als der Zug einfährt, sind Karo, Lilli und Dommi die Ersten, die mit Sack und Pack einsteigen.

Moritz springt vor Freude auf einen Platz. Karo hievt ihren Rucksack in die Gepäckablage. Dommi stellt seinen Koffer neben seinen Sitz. Karos großer Koffer bleibt auf dem Gang. Lillis Reisetasche hat noch oben Platz.

Und dann machen die drei es sich in ihrem Abteil bequem. Lilli reißt eine Tüte Chips auf. Dommi hat ein Kartenspiel dabei. Und Karo zerrt ihren Rucksack von der Ablage wieder herunter und fängt an, darin herumzuwühlen: „Mag jemand Lollis?“

„Mensch, jede Menge Obst!“ Lilli fördert eine Tüte mit Äpfeln, Birnen und Bananen zu Tage.

„Erst mal was trinken!“ Dommi setzt die Limo-Flasche an.

Als der Schaffner das Abteil betritt, ist es dort schon richtig gemütlich: Die leere Limo-Flasche rollt über den Boden. Überall sind Chips-Reste verstreut. Auf der Ablage zittern drei angebissene Äpfel im Takt des Zuges.

Der Kontrolleur fasst sich an die Stirn. „Unerhört! Sieht’s bei euch zu Hause auch so aus?“

„Klar!“, ruft Lilli, und Karo fängt an, nach

den Fahrkarten zu suchen. Der Schaffner steht da und sagt gar nichts mehr. Was er denkt, das kann man an seinem Gesicht deutlich ablesen.

Aus Karos Rucksack quillt alles Mögliche heraus: ihr Tagebuch, Hörkassetten, Walkman, sogar ein kleines Rähmchen mit einem Bild von ihrer Katze Maja. Socken hat sie noch hineingestopft und Hausschuhe. Aber die Fahrkarten sind nicht zu finden.

Lilli und Dommi werden blass und drücken sich in ihre Sitze. Karo wird ganz fahrig. Sie rauft sich die Haare: „Mensch, die hab ich doch noch extra in den Flur gelegt. Die müssen doch da sein!“

Der Schaffner steht wie ein misstrauischer Gefängniswärter in der Tür und schweigt.

Das ganze Abteil ist inzwischen übersät mit Karos Klamotten. Aber die Fahrkarten bleiben verschwunden.

Da bellt der Schaffner: „Also gut, in fünf Minuten bin ich wieder da! Und dann will ich die Fahrkarten sehen, verstanden?“

Er wirft die Abteiltür mit Schwung zu.

Da schreit Karo: „Halt, hier, ich hab sie!“

Dommi reißt die Tür wieder auf. Karo zieht aus ihrer Jeanstasche die Fahrkarten hervor und hält sie stolz dem Schaffner unter die Nase. Der guckt sie sich lang und grimmig an. Schließlich knipst er sie ab, dreht sich um, ohne ein weiteres Wort zu verlieren, und knallt die Abteiltür zu.

Lilli lässt sich erleichtert zurückfallen: „Mensch, dieser Idi hat bestimmt gedacht, wir wollten schwarzfahren!“

„Doofmann!“ Karo kramt ihre Sachen wieder zusammen und stopft alles in den Rucksack.

Dommi hilft ihr: „Du, wann müssen wir eigentlich aussteigen?“

Lilli sieht auf ihre Uhr: „In einer halben Stunde sind wir schon in Neuberg. Da werden wir doch abgeholt, oder?“

Karo versucht, den Rucksack zuzumachen. Er scheint jetzt noch praller als vorher: „Na klar, der Bauer fährt uns selbst nach Kleinwolfshausen, auf seinen Hof.“

„Cool!“ Dommi reibt sich die Hände.

Lilli klopft begeistert auf das Polster: „Ich freu mich so. Ob es da auch ’ne Disco gibt?“ Plötzlich hält sie inne. Sie fasst in ihre Jeanstasche, und dann schreit sie laut auf: „Mensch, ich hab mein Geld vergessen!“

Karo beruhigt ihre Freundin: „Vielleicht hast du es woanders hingetan!“

„Nein, es liegt zu Hause auf dem Küchentisch. So’n Mist!“

Dommi findet das nicht so schlimm: „Ich kann dir was leihen. Außerdem brauchen wir doch gar nichts. Wir kriegen Essen und Trinken und alles, was wir wollen! Nur Hundefutter muss ich kaufen.“

„Wir sind gleich da!“, ruft Karo.

Dommi nimmt Moritz wieder an die Leine und sieht sich noch mal im Abteil um. „Habt ihr auch nichts vergessen?“

Da hält der Zug auch schon.

Kleinwolfshausen

Neuberg ist ein kleiner Ort. Karo, Dommi und Lilli sind die Einzigen, die hier aussteigen. Der Schaffner pfeift, und die Lok setzt sich wieder in Bewegung.

Da stehen die drei nun, ein wenig hilflos und verloren. Der Einzige, der munter und neugierig hin und her tapst, ist Moritz.

Die Sonne scheint. Eine Krähe hüpft über die Gleise. Es herrscht verschlafene Ruhe.

„Vielleicht gehen wir mal zum Ausgang“, meint Lilli endlich.

Sie heben ihre Gepäckstücke an und schleppen sie zu der Treppe, die unter den Gleisen hindurchführt.

Auf der anderen Seite kommen sie mit ihren Siebensachen wieder hervor. Das Bahnhofsgebäude ist alt und klein. Die Halle ist gleich durchquert. Tatsächlich! Da steht er, der Bauer Hinterhuber. An seinen Caravan gelehnt, lässt er die Kinder auf sich zukommen.

„Hallo! Gepäck nach hinten." Das ist die Begrüßung. Er öffnet die Heckklappe. Karo, Lilli und Dommi laden ihr Reisegepäck ein. Und dann bleiben sie unsicher neben den geöffneten Wagentüren stehen. Nur Moritz springt unbefangen in das Auto.

„Auf geht's!" Bauer Hinterhuber sitzt schon am Steuer und lässt den Motor an. Dommi, Lilli und Karo quetschen sich auf die Hinterbank. Sie wissen gar nicht, was sie sagen sollen.

Und Herr Hinterhuber ist auch nicht eben gesprächig. Mehr als das Nötigste kommt nicht über seine Lippen.

Er steuert durch Neuberg. Dann kommen sie über die Dörfer. Schließlich biegen sie in eine noch kleinere Straße ein, rumpeln durch Schlaglöcher und kurven einen Berg hoch.

Rechts und links liegen die Felder grün und braun da. Kein Mensch weit und breit. An ein Wäldchen schließen sich Pferdekoppeln an. Die Tiere stehen ruhig in der Sonne. Ein Stück weiter kommen die Kuhweiden. Die Kühe liegen unter Erlen im Schatten.

Nach vielen Weiden und zahllosen Schlaglöchern erreichen sie endlich Kleinwolfshausen. Gleich am Ortseingang prangt stolz das Schild:

Das Auto beschreibt eine Rechtskurve. Es geht etwas bergan. Kurz darauf bremst Herr Hinterhuber und springt aus dem Wagen.

Zögerten die drei Freunde zuerst, das Auto zu besteigen, so sitzen sie nun da wie angeklebt. Keiner bewegt sich vom Fleck.

Lilli sieht durch das geschlossene Seitenfenster auf den Misthaufen.

Auf Karos Seite springt ein kleines Mädchen mit langen Zöpfen am Wagen hoch, guckt und lacht hinein und zeigt dabei seine Zahnlücken.

Dommi hockt in der Mitte und starrt geradeaus auf die Scheune, in deren Schatten zahlreiche Hühner aufgeplustert hin und her stolzieren oder nach Körnern picken.

Endlich sagt Lilli etwas, nur ein Wort: „Mist!“

Die Zimmer sind ebenerdig, niedrig und riechen modrig. Dommi muss ins Jungenzimmer. Karo und Lilli kommen ins Mädchenzimmer.

Vier Betten stehen da, dicht zusammengerückt. Karo und Lilli werfen ihre Sachen auf die Betten neben dem Fenster.

Karo hebt die Matraze an: rohe Holzbretter. Sie denkt an ihren Bruder und atmet tief durch.

Lilli packt schon aus: „Gibt es hier vielleicht auch einen Schrank?“

Karo zuckt mit den Schultern: „Und wo ist das Klo?“

Das Klo finden die zwei am Ende des Flurs. Es ist eng und voller Spinnweben. Es hat einen altmodischen Spülkasten mit einer langen Schnur zum Ziehen.

„Da geh ich nicht rein!“, sagt Karo entschlossen.

„Ich muss aber so dringend!“ Lilli will es schnell hinter sich bringen. Sie stürmt auf das Örtchen und ruft: „Warte auf mich!“

In diesem Augenblick kommt die Bauersfrau über den Flur: „Grüß dich!“, sagt sie. „Um zwölf gibt’s Mittag und um sechs Abendbrot!“

„O.k.“, antwortet Karo, „wo ist denn der Speisesaal?“

Die Bäuerin lacht laut und herzlich. Sie wischt ihre Hand an der Schürze ab und zeigt den Flur entlang: „Die Küche ist da vorne links!“

Lilli kommt aus dem Klo und begrüßt die Bäuerin: „Ich heiße Lilli, wo sind denn die anderen?“

„Heut Nachmittag kommen noch drei Kinder. Zusammen werdet ihr bestimmt viel Spaß haben! Na, schaut euch erst mal um. Ihr dürft auch in den Stall.“

Frau Hinterhuber nimmt einen Blecheimer und geht.

Karo und Lilli warten, bis die Bäuerin verschwunden ist, dann klopfen sie bei Dommi. Der macht gerade eine Dose Hundefutter auf. Moritz läuft schwanzwedelnd hin und her. Karo wirft sich auf ein Bett: „Bist du hier ganz allein im Zimmer?“

„Jetzt noch."

Lilli verzieht das Gesicht: „Stinkt ja ekelhaft."

Das findet Dommi überhaupt nicht: „Moritz schmeckt's jedenfalls."

In der Küche steht ein riesiger Tisch. Da ist ein Kachelofen und ein altes Büfett. Gleich zwei Herde stehen nebeneinander, und an der Wand hängen Holzteller und Hirschgeweihe.

Dommi, Lilli und Karo setzen sich auf die Bank.

Christl, das kleine Bauernmädchen, holt die Bestecke aus der Schublade und legt sie auf den Tisch.

Franz, der Sohn, bringt Wasserflaschen aus dem Keller. Er ist vielleicht so alt wie Dommi, aber er würdigt ihn keines Blickes. Auch die Mädchen betrachtet er nur verstohlen von der Seite.

Und dann ist da noch die alte Oma, die, ganz in Schwarz, in einem Lehnstuhl in der Ecke sitzt.

Als die Bäuerin den großen Topf mit dampfender Suppe auf den Tisch stellt, stemmt die Oma sich auf ihren Stock und kommt mühsam an den Tisch.

Der Bauer poltert als Letzter in die Küche, setzt sich hin und fängt gleich an, seine Suppe zu löffeln. Er schlürft und schmatzt, aber die Kinder haben noch gar nichts auf dem Teller.

„Linsensuppe“, sagt Lilli.

„Nur ganz wenig, bitte!“, meint Dommi.

„Ich möchte lieber nichts“, sagt Karo.

Alle drei bekommen einen vollen Teller Suppe. Zuletzt füllt die Bäuerin ihren Teller, setzt sich hin und isst.

Karo schielt zu Lilli hinüber. Dommi rührt die braune Pampe durch und pustet darauf. Lilli versucht, nur das Dünne auf den Löffel zu bekommen.

Franz hat seinen Teller schon leer und kratzt ihn geräuschvoll aus. Christl fragt: „Krieg ich noch was?“

Und während seine Frau den Teller ihrer Tochter auffüllt, meint Herr Hinterhuber zu

seinen jungen Gästen: „Wenn die Teller leer sind, gibt's Nachtisch!"

Dommi isst. Karo hält sich einen Löffel voll vor den Mund. Lilli hat die Backen voll und weiß nicht, in welche Richtung sie den Inhalt befördern soll.

Herr Hinterhuber ist bereits satt. Er steht auf und zieht sich die Stiefel an, die neben der Tür stehen.

Frau Hinterhuber geht zum Kühlschrank und holt die Nachspeise.

Wie verabredet nehmen Dommi, Karo und Lilli ihre Teller und schütten den Inhalt in den großen Topf zurück. Die alte Oma achtet nicht darauf.

Franz grinst.

Christl bleibt der Mund offen stehen. Karo macht „Pssst!"

Als der Nachtisch auf den Tisch kommt, sind sämtliche Suppenteller ausgekratzt. Die Nachspeise schmeckt dann wirklich wundervoll. Da können selbst die vielen Fliegen, die auch etwas davon abhaben wollen, nicht stören.

Mark und Manni

Draußen atmet Lilli erst einmal tief durch.

Dommi greift sich in die Magengegend und meint: „Dagegen ist Hundefutter ein Leckerbissen!“

Karo runzelt die Stirn: „Wie sollen wir das eigentlich zehn Tage lang hier aushalten?“

„Komm, wir gehen mal durchs Dorf!“, meint Lilli.

Dommi holt Moritz, und die drei Freunde gucken, was Kleinwolfshausen so zu bieten hat: Zunächst einmal viele Misthaufen. Vor jedem Hof dampft einer, und die braune Soße, die da herausläuft, riecht nicht gerade nach Schweinebraten.

Dommi rümpft die Nase: „Gewöhnungsbedürftig."

Karo fragt eine alte Frau: „Entschuldigung, wo ist hier ein Laden?"

Die Frau versteht nicht: „Wie?"

„Wo kann man hier was kaufen?", schreit Lilli.

„Kaufen?", wiederholt die Alte. „Was wollt ihr denn kaufen?"

„Nur so halt, mal gucken!", erklärt Karo.

„Hier gibt's keinen Laden", antwortet die Alte und geht kopfschüttelnd weiter.

„Wie?" Dommi kann es nicht glauben.

„Wir fragen jemand andern!" Karo biegt links in die Dorfstraße ein. „Da drüben ist eine Kneipe, da gehn wir rein und fragen!"

Die Gaststätte *Rittergütl* ist schon mittags so verräuchert, dass man die Männer, die um den Stammtisch herum sitzen und ihre Pfeife schmauchen, kaum erkennen kann. Mit roten Köpfen reden sie laut aufeinander ein, ihre Bierkrüge sind bestimmt schon mehrfach aufgefüllt worden.

Karo versucht, die Aufmerksamkeit auf sich zu lenken: „Entschuldigung!“

Doch keiner nimmt von den dreien Notiz.

„Wo ist hier ein Kiosk oder ein Geschäft?“, fragt Lilli lautstark.

Darauf dreht sich ein Bauer gemächlich um. „Da müsst ihr nach Großwolfshausen“, sagt er und wendet den Kindern wieder den Rücken zu.

„Gibt’s denn einen Bus dorthin?“, fragt Lilli. Aber sie bekommt keine Antwort mehr.

Draußen bleiben die drei stehen und sehen sich ratlos an.

„Toll!“ Karo klingt ziemlich sauer.

„Wir brauchen doch nicht unbedingt in einen Laden. Ich hab sowieso kein Geld dabei!“, meint Lilli.

„Vielleicht sind die anderen schon da und wir können mit denen was machen!“, sagt Dommi.

Die anderen Kinder sind tatsächlich schon

angekommen: ein Mädchen und zwei Jungen. Geschwister.

Das Mädchen heißt Jennifer und ist etwas jünger als Karo und Lilli. Es sieht schüchtern und brav aus.

Die Jungen wirken dagegen ziemlich groß und kräftig. Dommi spürt sofort, dass er mit denen nichts zu tun haben will: Auf dem Zimmer haben sie Bier und Schnaps versteckt, und sie begrüßen Dommi so, als hätten sie ihm schon Käfer und Spinnen ins Bett gelegt.

Doch zunächst haben sie es nicht auf ihn, sondern auf die Hühner abgesehen. Der eine öffnet das Fenster und ruft: „Putt, putt, putt!" Der andere setzt sich kichernd auf die Bettkante, tunkt sein Butterbrot in die Bierdose und wirft die feuchten Brocken aus dem Fenster.

Neugierig kommen die Hühner erst langsam, dann immer schneller herbeigelaufen und picken das Bier-Brot auf.

Und es dauert gar nicht lange, da torkeln sie betrunken über den Hof. Sie picken wirr in der Luft herum. Sie scheinen plötzlich vergessen zu haben, wie man eine Kralle vor die andere setzt, und streitsüchtig werden sie auch.

Dommi schreit die beiden an: „Gemeinheit!“

Darauf haben die Jungen nur gewartet: „Ach nee, findet unser Kleiner das gemein?“

„Oh, das tut uns aber Leid!“, rufen sie mit verstellten Stimmen.

Dommi steht auf und knallt die Tür hinter sich zu. Er läuft zu Lilli und Karo hinüber.

Die unterhalten sich ganz munter mit Jennifer. Gerade will Dommi erzählen, was deren Brüder anstellen, da stehen die beiden schon in der Tür und schreien: „Weiberschmecker! Weiberschmecker!“

Zwar hat Dommi das Wort noch nie gehört, aber er versteht gleich, wie es gemeint ist.

Lilli fährt vom Bett hoch. „Was wollt ihr?“

Karo zischt: „Raus hier!“

Jennifer sagt ungerührt: „Das sind meine blöden Brüder, Mark und Manni.“

Die stehen da und machen keine Anstalten, das Zimmer zu verlassen.

Da räumen die drei Freunde selbst das Feld. „Kommt, wir gucken mal in den Stall!“

Lilli schreitet entschlossen voran.

„Echt blöde Typen“, murmelt Karo und geht an ihnen mit verächtlich heruntergezogenen Mundwinkeln vorbei. Dommi boxt grimmig Haken in die Luft und zieht auch ab.

Im Stall stehen drei Pferde. Aber auf dem Hof gibt es noch viele andere Tiere.

Die Bäuerin fragt: „Wollt ihr unsere jungen Hängebauchschweine sehen? Kommt mal mit!“ In ihren klobigen Gummistiefeln stapft sie über die Weide hinter dem Stall. Schon kommen vier Ziegen angerannt und betteln um das alte Brot. Aber das kriegt die Schweinemutter.

In einem kleinen Holzstadel liegt sie auf Stroh. Ihre Ferkel sind erst mal gar nicht zu sehen. Aber kaum hat Frau Hinterhuber die Verriegelung geöffnet, beginnt ein munteres Gequietsche. Die kleinen Hängebauchschweinchen hüpfen und springen wie Tennisbälle umher. Sie kriechen unter das Stroh und schießen wieder hervor. Sie quieken, nein, sie piepsen ganz hoch! Nur das Kleinste von den fünfen steht einfach ängstlich da und zittert.

Karo ist begeistert: „Guck mal, vorne rosa und hinten schwarz!“

„Und das hier“, meint Lilli „schwarzrosa getupft wie ein Kuscheltier!“

Dommi sieht fast nichts von den jungen Schweinchen. Vergeblich versucht er, den Ziegenbock abzuwehren, der ihn gegen die Stallwand presst. Aber so sind Ziegenböcke nun mal: kräftig und bockig und außerdem sehr verfressen. Und darum rückt er keinen Millimeter zur Seite, und Dommi muss in den Matsch ausweichen.

Die Bäuerin schaut auf die Schuhe der Kinder: „Habt ihr eigentlich keine festen Stiefel dabei? Weiße Turnschuhe sind hier auf dem Bauernhof wirklich nicht das Richtige."

Karo denkt an die Plateauschuhe, die sie mitgebracht hat, und holt tief Luft. Sie hatte gedacht, hier könnten sie mal in die Disco. Wie Recht ihr Bruder doch hatte!

Aber Dommi steht mitten im Matsch und meint: „Ist doch ganz egal, welche Schuhe schmutzig werden!"

Lilli hat gerade ein junges Schweinchen erwischt und streichelt es hingebungsvoll.

Da fragt Dommi: „Wie kommt man eigentlich nach Großwolfshausen?"

Die Bäuerin lacht. „Ganz einfach: Immer geradeaus, immer nach Süden."

„Toll!" Vor Begeisterung tritt Karo dem Ziegenbock gegen den Huf. Und Lilli lässt das kleine Schweinchen wieder ins Heu plumpsen: Bestimmt wird es hier doch noch ganz schön. Wenn nur Mark und Manni nicht wären!

Die stehen feixend am Weidezaun und gucken zu, wie Moritz mit einer Dose am Schwanz über den Hof scheppert. Die drei Freunde sind sofort zur Stelle und befreien den armen Moritz von seiner ohrenbetäubenden Fracht.

Karo und Lilli werfen Mark und Manni vernichtende Blicke zu. Moritz winselt und wedelt erleichtert.

Dommi aber denkt schon an die kommende Nacht: Mit solchen Typen soll er in einem Zimmer schlafen? Ihm wird ganz anders.

Auf zum Supermarkt!

Dommi kramt in seinem Koffer, während Mark und Manni sich auf ihren Betten herumlümmeln und furzen und rülpsen.

Dommi nimmt Karos Sachen und rennt über den Flur zu den Mädchen.

Die sitzen gemütlich zu dritt auf einem Bett und unterhalten sich.

Dommi wird ganz neidisch bei dieser Harmonie. Er hält Karo den Stapel Kleider hin: „Hier, deine Sachen!“

Karo kichert: „Was hab ich mir eigentlich

dabei gedacht? Ich glaub, die kannst du gleich im Koffer lassen …“

„Kommt eigentlich noch jemand?“, fragt Dommi und blickt auf das vierte Bett.

„Nö“, sagt Lilli, „beib doch einfach hier!“

„Meinst du wirklich?“ Dommis Gesichtszüge hellen sich auf. Er wirft Jennifer einen fragenden Blick zu. Die versteht gleich: „Aber nur, wenn du nicht so doof bist wie meine Brüder.“

Das ist Dommi natürlich nicht. Er nimmt das vierte Bett in Beschlag, schließt die Tür zu und verlässt das Zimmer nicht mehr. Sollen Mark und Manni doch nach ihm suchen, wo sie wollen!

Er fühlt sich hier wunderbar. Deshalb legt er sich auch gleich mit Pullover und Hose schlafen. Schlafanzug und Waschsachen sind in dem anderen Zimmer. Da sollen sie auch ruhig bleiben. Dommi vermisst sie nicht.

Am nächsten Morgen, auf dem Weg zum Klo, läuft Dommi den beiden Brüdern in die Arme.

„Sag mal, wo warst du eigentlich?“, fragen sie.

„Ich war jagen!“, antwortet Dommi trotzig.

„Haha“, näselt Mark. „Und hast du was erlegt?“

„Klar, einen dicken Bären, da draußen liegt er!“ Dommi zeigt aus dem Fenster. Aber Manni erwidert höhnisch: „Mammasöhnchen, war bei seinen Schwestern!“

„He, das sind nicht meine Schwestern, das sind meine Freundinnen! Ist das klar?“ Dommi guckt die beiden mitleidig an: „Von Frauen habt ihr doch sowieso noch keine Ahnung …“ Und mit diesen Worten lässt er sie stehen und zieht ab.

Beim Frühstück haben die drei Freunde einen ungewöhnlichen Appetit. Danach machen sie sich gleich auf den Weg. Die Sonne scheint und Großwolfshausen lockt. Es muss ja niemand wissen, dass sie schnell zum Einkaufen wollen. Schließlich braucht Dommi dringend Hundefutter.

„Wohin geht ihr?“, fragt Jennifer.

„Zum Mittagessen sind wir wieder hier!“, antwortet Karo.

Schweigend sehen Mark und Manni zu, wie sich Dommi mit den Mädchen aus dem Staub macht. Natürlich ist Moritz auch mit dabei.

Der Weg nach Großwolfshausen zieht sich hin. Aber die drei sind munter und vergnügt und schlendern gemütlich die Landstraße entlang, auf der nur selten mal ein Auto vorbeifährt.

Als sie im Ort ankommen, sehen sie: Groß ist Großwolfshausen eigentlich gar nicht. Aber lang, noch viel länger als sein Name.

Die Freunde latschen die Straße entlang, an der Post vorbei, an einem Bauernhof vorbei, an dem Feuerwehrhaus vorbei, an der Friedhofsmauer vorbei.

Moritz hechelt.

„Mensch, hab ich Durst!“ Lilli lässt die Zunge heraushängen und äfft Moritz nach.

„Wo ist denn bloss dieser Supermarkt?“ Karo wird langsam ungeduldig.

„Am besten, wir gehen erst mal hier entlang.“ Lilli legt einen Schritt zu.

Tatsächlich! Nach der Tankstelle kommt eine Wiese. Hinter der Wiese ist die Bushaltestelle – und da ist er schon, der „Supermarkt“. Ein kleiner Laden.

Lilli drückt die Klinke herunter. Geschlossen!

„Nein!“ Lilli jault auf.

Karo klopft an die Tür, und Dommi stampft mit dem Fuß auf.

Was keiner erwartet, geschieht: Die Tür wird von innen aufgeschlossen, und eine dicke Frau sagt: „Ist zwar schon nach eins, aber kommt ruhig noch rein!“

Lilli strahlt.

Dommi bindet schnell Moritz am Zaun an.

Und Karo denkt: In der Stadt würde kein Laden für drei Kinder noch mal öffnen.

Sie beeilen sich. Karo nimmt zwei Literflaschen Limo aus dem Regal. Dommi stellt fünf Dosen Hundefutter neben die Kasse.

Und Lilli fragt: „Wer leiht mir was? Ich brauch jetzt dringend Kekse!“

Karo leiht Lilli das Geld. Dommi packt die Limos und die Dosen in eine Plastiktüte.

„Vielen Dank!", rufen die Freunde noch und sind im Nu wieder draußen.

„Und wohin jetzt?" Lilli trägt die Sachen. Die sind ziemlich schwer. Dommi bindet Moritz wieder los und guckt auf die Uhr: „Schon Viertel nach eins. Ob's hier wohl irgendwo Pommes gibt?"

Karo reibt sich den Bauch: „Ich könnt was Deftiges vertragen."

Im Gasthof *Zur Post* gibt es weder Pommes noch Currywurst. Der Schweinebraten ist den dreien zu teuer, und Kutteln wollen sie schon gar nicht.

„Ach, kommt, wir gehen zurück!" Dommi ist als Erster wieder draußen.

Lilli hat den Wirt gefragt: „Die haben hier noch nicht mal ein Kino!"

Karo grinst. „Hätt ich dir gleich sagen können!"

Der Rückweg ist natürlich viel länger als der Hinweg. Zwei Limoflaschen und fünf Dosen Hundefutter können ganz schön schwer sein. Obwohl die drei sich mit dem Tragen abwechseln, geht ihnen schon bald die Puste aus.

Karo liest: „Kleinwolfshauser Pfad“.

„Super! Hier können wir abkürzen!“ Lilli biegt sofort von der Straße ab.

Dommi bleibt stehen: „Meint ihr wirklich, das ist der richtige Weg?“

„Klar!“, antwortet Karo. „Steht da doch!“ Sie pfeift Moritz, der weit vorgelaufen ist.

Lilli reißt die Kekstüte auf und reicht sie herum. Karo macht eine Limo auf und trinkt.

Dommi nimmt die Tüte: „Was wir jetzt essen und trinken, brauchen wir wenigstens nicht zu schleppen!“

Der Kleinwolfshauser Pfad führt an bunten Bauerngärten vorbei. An den Stauden hängen Tomaten, die Bohnen sind schon reif, sogar Zucchini und Gurken liegen auf der Erde.

Karo bleibt mit offenem Mund stehen. „Ich wusste gar nicht, dass bei uns auch Tomaten wachsen!“

Dommi zeigt auf die unförmigen grünen Zucchini: „Und guckt euch das doch mal an, diese dicken Boller am Boden!"

Lilli schüttelt den Kopf: „Man merkt wirklich, wo ihr herkommt!"

„Wieso denn?" Dommi und Karo sehen Lilli groß an.

„Also, mein Opa, der stammte vom Land; der hat immer selber Tomaten und Gurken und Kürbisse gezogen!"

Dommi schmatzt: „Mann, jetzt so 'n paar Tomaten …"

„Wir sind ja bald da, und dann gibt's bestimmt einen deftigen Bauerneintopf!" Lilli lacht sich halb schief.

Aber Karo findet das gar nicht so witzig: „Mensch, ich wollte doch was zum Essen einkaufen!"

Die drei sind schnell aus dem Dorf heraus. Statt der Gärten säumen nun Wiesen und Weiden den Weg. Moritz kann sich hier so richtig austoben, läuft vor und zurück und hin und her, buddelt zwischendurch ein Loch und schnuppert und schnüffelt.

Lilli singt.

Karo versucht ein Rad zu schlagen, landet mit dem Po im Gras und sagt: „Toll!“

Der Weg führt durch den Wald. Da kann man auf Baumstämmen balancieren und Blaubeeren pflücken, das klebrige Harz riechen und auf den Hochsitz klettern.

Die drei vergessen die Zeit. Sie sammeln Tannenzapfen und schleudern sie vom Hochsitz herunter. Sie werfen Moritz Stöckchen und stecken sich Farnkräuter ins Haar. Viel später trödeln sie zufrieden weiter, dem kleinen Dorf entgegen.

Nach dem Wald queren sie einen Bach. Ein Brettersteig führt darüber. Da ist sogar Schilf und ein kleiner See mit Seerosen. Glitzernde Libellen schwirren durch die Luft. Frösche platschen ins Wasser. Es ist schön wie im Märchen.

Aber auf einmal sagt Karo: „Komisch hier, oder? Ich meine, irgendwie schon sehr einsam!“

Zwischen Wald und Wiesen

Dommi hält inne und sieht sich nach allen Seiten um: „Hier sind wir vorher nicht vorbeigekommen!“

Lilli wundert das nicht: „Können wir auch gar nicht, wir haben doch die Abkürzung genommen!“

Dommi zieht seinen Kompass aus der Tasche: „Jedenfalls gehen wir gerade nach Nordnordost.“

Der schmale Pfad mündet in einen breiteren Schotterweg.

„Das sieht schon besser aus!“, meint Karo. Sie biegen nach rechts ab und gehen weiter. Nun geht es bergab, wieder in einen Forst hinein.

Der Wald ist dunkel und abweisend. Die Stämme ragen kahl in die Höhe. Erst ganz oben verzweigen sich die Äste. Das dichte Dach der Tannen lässt kaum einen Sonnenstrahl durch. Irgendwo hämmert ein Specht.

Am Wegrand ist zersägtes Holz aufgestapelt. Karo sieht ihre Freunde an: „Mensch, das Holz, hier sind bestimmt Waldarbeiter!“

Lilli winkt ab: „Vielleicht waren die vor drei Monaten mal da!“

Dommi kramt in seiner Hosentasche herum: „Ob’s hier wohl Wildschweine gibt?“

Lilli schüttelt den Kopf: „Willst du die nach dem Weg fragen oder mit deinem Taschenmesser erlegen?“

Der Weg beschreibt eine Kurve, und dann verzweigt er sich: Links geht es wieder bergauf, rechts weiter ins Tal.

„Und jetzt?“ Karo stellt die schwere Tüte ab.

Aber da ist kein Wegweiser. Nur ein roter Punkt auf einem Stein. Und der hilft den dreien beim besten Willen nicht weiter.

Dommi richtet seinen Kompass ein. Die rote Nadel braucht eine ganze Weile, bis sie sich endlich entscheidet und anzeigt, wo Norden ist.

Ratlose Gesichter.

„Kleinwolfshausen liegt doch am Berg. Wir müssen nach links!“

Lilli hat Recht. Auf dem Hinweg ging es bergab, also muss der Rückweg eigentlich bergauf führen. Tapfer stapfen sie weiter. Bergauf. Der Nadelwald geht in Mischwald über. Da sind auch Büsche und Sträucher. Lilli pflückt Himbeeren, aber Karo treibt ihre Freunde an: „Wir müssen uns beeilen!“

Sie legen einen Schritt zu. Der Weg, der die ganze Zeit den Berg hinauf wies, geht nun auch bergab. Immer weiter bergab. Merkwürdig! Aber keiner sagt etwas.

Endlich kommen sie aus dem Wald heraus. Endlich sehen sie wieder Wiesen und Felder.

Da schlägt Dommi sich mit der flachen Hand an die Stirn. „Mist!“, schreit er.

Lilli und Karo erkennen es nun auch: Sie sind im Kreis gelaufen! Harmlos schlängelt sich der Bach dahin, den sie vorher überquert hatten. Er plätschert an dem kleinen See vorbei. Der ist gar nicht mal so weit weg.

Karo fährt sich durchs Haar. Dommi wischt sich den Schweiß von der Stirn. Lilli betrachtet angestrengt die roten Striemen, die die Plastiktüte an ihren Fingern hinterlassen hat.

Die drei stehen schweigend beieinander, und die Stille beginnt zu dröhnen. Nicht mal ein Vogel piepst.

„Tja!“, sagt Karo endlich.

„Keine Panik!“, meint Lilli: „Wir machen es wie Hänsel und Gretel!“

„Au ja!“ Dommi durchwühlt seine Taschen nach Papier. Er zerreißt es in Stücke. „An jeder Weggabelung spießen wir einen Fetzen auf. Dann wissen wir später genau, wo wir gewesen sind!“

Karo zeigt Dommi einen Vogel: „Ich will aber nicht wissen, wo ich gewesen bin, ich will wissen, wo Kleinwolfshausen ist!“

Lilli beruhigt Karo: „Reg dich doch nicht auf!“

Dommi hat einen anderen Vorschlag: „Am besten gehen wir wieder zurück, bis nach Großwolfshausen. Und dann suchen wir den Weg, den wir gekommen sind!“

Aber die Mädchen sind dagegen. Lilli lehnt sich an eine Fichte: „Den ganzen Weg noch mal zurück?“

Karo japst: „Das ist viel zu weit!“

Lilli hat eine Idee: „Einer von uns läuft nach Großwolfshausen und telefoniert!“

Das findet Dommi nicht gut: „Nee, lieber zusammenbleiben. Zu dritt sind wir stärker!“

Und Karo fragt: „Meinst du wirklich, die Hinterhubers holen uns hier ab?“

Dommi lässt sich ins Gras fallen. Er holt wieder seinen Kompass aus der Tasche. „Auf jeden Fall müssen wir mal eine Richtung durchhalten, damit wir nicht ewig im Kreis rumrennen!“

„Jetzt fang bloß nicht mit Nordnordwest oder so was an!“ Karo klingt bitter.

Lilli beruhigt ihre Freundin: „Mensch, wir haben doch schon ganz andere Sachen hingekriegt!“

Sie springen auf und ziehen weiter.

Eine Weile gehen sie zwischen Waldrand und Wiese entlang. Moritz springt wie ein Osterhase durch das hohe Gras, und seine Ohren wippen auf und ab.

Aber dann bleibt Dommi schon wieder stehen: „Also, wir müssen jetzt wirklich nachdenken!“ Er nimmt ein Papierschnipsel und spießt es an einen Ast.

„Du glaubst doch nicht im Ernst, dass wir hier noch mal vorbeikommen?“ Karo hat ihre Hände in die Hüften gestemmt und guckt Dommi an, als wäre der soeben verrückt geworden.

Aber Lilli findet auch: „Sicher ist sicher! Außerdem gehen wir jetzt einfach mal stur nach Norden. Da müssten wir ja eigentlich automatisch nach Kleinwolfshausen kommen!“

Die drei beugen sich über den Kompass. Die Nadel zeigt zitternd mal in die Richtung, mal in eine andere: „Wackel doch nicht so!“ Karo nimmt Dommi den Kompass aus der Hand und legt ihn auf den Boden. Aber der Boden ist uneben, und die Nadel hängt schief.

Lilli reißt Gras aus und legt den Kompass an eine andere Stelle. Da kommt Moritz angesaust und stupst mit seiner Nase den Kompass zur Seite. Karo atmet hörbar durch. Dommi zieht Moritz zu sich her, und Lilli deutet nach Norden: „Dahin!“

Alle sehen es: Die rote Nadel hat sich eingependelt. Sie zeigt eindeutig nach Norden.

Allerdings ist diese Richtung nicht sehr einladend. Sie führt direkt hinein in das Unterholz.

Dommi sieht Lilli an. Karo schaut Dommi an. Was nun?

Schließlich stapft Lilli los. Dommi und Karo folgen ihr. Dommi hält noch immer den Kompass fest, so wie ein Blinder den Krückstock. Hier ist der Wald fast undurchdringlich. Da stehen Buchen und Fichten und Weiden nebeneinander. Da wachsen Brennnesseln und hohe Gräser und Büsche.

„Autsch!" Lilli hat sich beim Auseinanderbiegen von Zweigen am Finger wehgetan. An ihrem Pullover kleben lauter Stacheln.

Karo knickt Äste um: „Ich weiß nicht, ob wir hier durchkommen!"

Plötzlich schreit Lilli: „Mein Schuh!" Sie steht da, balanciert auf einem Bein und rudert mit den Armen in der Luft herum. Ihr Schuh steckt im Morast.

Karo dreht sich zu Dommi um: „Total sumpfig hier!"

Dommi starrt auf seinen Kompass und sagt nur: „Norden!“

Lilli zieht mit Gewalt den Schuh aus dem Matsch: „Nicht einen Schritt gehe ich hier weiter!“

Karo stützt Lilli: „Wir müssen bergauf! Da ist es ganz trocken.“

„Bloß weg von dem Bach und diesem moorigen Urwald!“ Lilli tritt vorsichtig auf.

„Wir gehen zum Waldrand zurück und versuchen es ein Stück weiter noch mal!“

Tatsächlich finden sie eine kleine Schneise, die durch den Wald führt. Dommi heftet wieder ein Papierschnipsel an einen Baum. Lilli rutscht andauernd aus ihrem nassen Schuh. Karo schüttelt sich in einem fort irgendwelche Tierchen aus dem Haar, und Dommi ist so konzentriert auf seinen Kompass, dass er über jede Baumwurzel stolpert. Moritz ist der Einzige, der neugierig und unternehmungslustig den Weg erkundet.

Sie kommen langsam voran. Aber immerhin: Sie kommen voran. Der Waldboden ist trocken, da stehen auch nicht so viele Büsche im Weg.

„Vielleicht war das nur eine matschige Pfütze!“, meint Karo.

Lilli schüttelt den Kopf. „Nee, diese ganze Gegend da am Bach, die trieft nur so von Wasser.“

„Also, wir gehen genau nach Norden!“ Dommi ist entschlossen, die richtige Richtung zu halten.

Sie klettern über umgefallene Bäume und kriechen unter Fichten durch. Sie gucken auf den Kompass und trampeln durch den Farn. Sie kommen über einen kleinen Buckel und gehen wieder bergab. Sie knicken Äste ab und treten Sprösslinge um. Sie kämpfen sich durch den Wald.

Und vor allem halten sie die Richtung. „Norden“, sagt Dommi immer wieder, um sich und die anderen beiden zu beruhigen.

Sie kommen an einem Ameisenhaufen vorbei, wenig später an einem Fuchsbau. Direkt vor ihnen springt ein Reh auf. Karo hält den Atem an und bleibt wie angewurzelt

stehen. Lilli schreit: „Mensch, hab ich mich erschreckt.“

Dommi ruft Moritz: „Schön hier bleiben!“

Sie lauschen, aber da sind keine Geräusche. Nur das Klopfen der Herzen. Das Knurren der Mägen. Unheimlich ist es in einem Wald, den man nicht kennt.

Hunger und Durst

Es dauert lange, bis sie endlich wieder ins Freie kommen. Sie sind erleichtert. Dommi zeigt in die richtige Richtung: „Weiter nach Norden!“

So befreiend der Blick über die Felder ist, so schwierig ist es, diesen Weg einzuschlagen. Als Erstes müssen sie über einen Stacheldrahtzaun. Dommi hebt Moritz und die Plastiktüte hinüber. Dann tritt er den mittleren Draht herunter, damit Karo und Lilli durchschlüpfen können. Aber Karo bleibt mit ihrer Jeans hängen und landet auf dem Bauch.

Lillis Pullover hakt sich fest und bekommt ein riesiges Loch.

Dommi versucht, über den Pfosten zu springen. Dabei reißt sein Schnürsenkel.

Sie rappeln sich wieder auf und schauen nach vorne. Vorne, da ist wieder ein Zaun. Hinter dem Zaun ist wieder eine Weide. Da stehen Kühe und gucken, wer denn hier auf sie zukommt.

„Müssen wir da rüber?“ Karo sieht Dommi unglücklich an.

„Klar!“, antwortet Lilli. „Die tun uns schon nichts.“

Karo versucht es noch einmal: „Vielleicht können wir ja außen rum, ich meine …“

Von Dommi bekommt sie wieder keine Antwort.

Aber Lilli will unbedingt zu den Kühen hinlaufen: „Wir melken sie! Ich hab Riesenhunger!“

„Ein Rindersteak wär mir jetzt lieber!“, meint Dommi.

Karo fasst sich an die Stirn: „Ihr spinnt doch! Wir müssen weiter!“

Lilli und Dommi hören nicht auf Karo. Sie stehen schon am Zaun und versuchen rüberzukommen. Dummerweise laufen die Kühe genau zu der Stelle, an der Lilli und Dommi sind. Sie strecken den Kindern ihre großen Köpfe entgegen und beschnuppern sie mit ihren feuchten Nüstern. Die eine schleckt Dommi sogar über den Arm.

Moritz kriecht unter dem Zaun durch und ist als Erster bei den Rindviechern. Lilli läuft ein Stück weiter, macht sich ganz platt und ist auch drüben. Die Kühe schauen sie erstaunt an. Lilli geht langsam auf sie zu und spricht mit ihnen: „Na, ihr! Gebt ihr uns ’n bisschen Milch ab?“

Dommi ist auch schon auf der Kuhweide, aber Karo traut sich immer noch nicht. Sie steht da und guckt zu, wie Lilli mit den Rindviechern spricht.

Dommi kramt in seiner Hosentasche herum: „Und wo hinein willst du melken?“

„Am besten gleich in meinen Mund!“

„Iiih“, quietscht Karo. „Ihr spinnt doch echt! Für so ’n Quatsch haben wir jetzt wirklich keine Zeit!“

Aber Lilli meint: „Na und?“

Das Melken ist dann doch nicht so einfach. Die Kuh mit dem größten Euter geht immer rückwärts, wenn Karo sich an ihre Milchvorräte ranmacht. Aber dann hält Dommi einer Kuh Gras hin und streichelt sie.

Lilli hockt sich unter das Tier. Sie zieht und zieht. Sie versucht es mit der rechten und der linken Hand, wieder und wieder. „Stripp, strapp, strull! Stripp, strapp, strull!“ Es klingt wie ein Befehl.

Aber es hilft nichts. Nicht einen einzigen Tropfen Milch holt sie aus dem prall gefüllten Euter. Schließlich gibt sie entnervt auf. „Warum kommt da nichts? Bei meiner Oma sah das immer ganz leicht aus!“

Plötzlich steht Karo neben ihren Freunden. „Ihr habt’s doch nicht alle! Wir müssen weiter!“

„Blöde Kuh!“, schimpft Lilli.

„Waaas?“, schreit Karo, „Was soll das, du dumme Ziege?“

„Tickst du nicht richtig?“ Lilli zeigt Karo einen Vogel: „Die Kuh hab ich gemeint, nicht dich!“

„Ich ticke ganz richtig, aber du, du … dumme Kuh!“

Dommi fährt dazwischen: „Mensch, jetzt fangt bloß nicht an, euch auch noch zu streiten!“

Karo zeigt auf Lilli: „Sie hat ja angefangen!“

„Quatsch!“, entgegnet Lilli. „Du hast gedacht, ich rede mit dir. Dabei habe ich mit der blöden Kuh da gesprochen!“

Plötzlich müssen alle drei lachen. Lilli schlägt Karo freundschaftlich auf die Schulter.

Und Karo sagt: „Tut mir Leid! Ich bin einfach ziemlich erledigt. Außerdem hab ich so einen Hunger!“

„Ohh, und ich erst!“ Lilli legt ihre Hand auf den Bauch.

Dommi nimmt die Einkaufstüte: „Aber

wehe, ihr macht euch an Moritz' Dosen ran!“

Die Mädchen malen sich aus, was sie jetzt am liebsten essen würden: „Pfannkuchen mit Pflaumenkompott!“

„Hmm, oder Pizza ai funghi!“

„Vielleicht finden wir ja Beeren“, meint Lilli. „ich hab schon mal ein Pfund Himbeeren gepflückt!“

„Oder Regenwürmer. Die kann man auch essen!“ Dommi kramt in seiner Hosentasche herum. „Bei meiner Überlebensausrüstung habe ich einen Stein zum Feuermachen!“

„Ach, Dommi.“ Karo sieht ihn gequält an. „Willst du uns Regenwurmspießchen servieren?“

„Besser Pilze!“, meint Lilli. „Wiesenchampignons, die kann man sogar roh essen!“

Dommi grinst: „Man darf sie nur nicht mit jungen Knollenblätterpilzen verwechseln. Die isst man nämlich nur einmal …“

Lilli macht ein Gesicht, als hätte sie schon zehn Tage gehungert: „Und wenn wir nun doch was von dem Hundefutter nehmen? Ich meine, das ist ja auch …“ Sie bringt ihren Satz nicht zu Ende. Denn Dommi ist entschieden dagegen: „Nicht eine Dose gebe ich her! Lieber kau ich Holzspäne oder suche die ganze Wiese nach Sauerampfer ab.“

„Katzenfutter ist sowieso viel leckerer.“ Karo fährt sich mit der Zunge über die Lippen. „Ich habe ein Buch, da sind lauter Rezepte mit Katzenfutter drin. Ist ja auch nur Fleisch. Schmeckt wie Ragout.“ Sie sieht Dommi an.

Aber der ist nicht gewillt, über Moritz’ Dosen zu verhandeln, und schweigt.

Sie klettern über den Zaun. Auf ihre Kleidung achten sie längst nicht mehr. Egal wie zerschlissen und zerrissen sie am Bauernhof ankommen. Hauptsache ist: Sie kommen an.

Sie stoßen auf einen Feldweg. Lilli schlägt vor, dass sie dem Weg ein Stück folgen und dann wieder die richtige Richtung nehmen. Dommi und Karo sind einverstanden, Moritz ist sowieso schon vorgelaufen.

Auf dem Weg geht es sich nicht schlecht. Hier kommen sie viel besser voran als auf den Weiden. Aber die Sonne ist schon hinter den Wald gerutscht. Es wird nun langsam kühl. Die drei spüren jetzt erst richtig, wie müde sie sind. Sogar Lilli sagt: „Also ehrlich, lang kann ich nicht mehr!“

Dommi streckt seinen Wuschelkopf in die Höhe und sieht sich nach allen Seiten um: „Eigentlich kann es ja nicht mehr weit sein, oder?“

Da kommen sie endlich zu einem Wegweiser, einem rohen Holzbrett, das an einen Pfahl genagelt ist.

„Was steht denn da?“ Dommis Stimme

klingt hoffnungsvoll. Aber die Schrift ist verwittert und abgeplatzt.

Lilli versucht sie zu entziffern: „O, e, e, k, l, a, m, m".

Karo erkennt gleich, dass dieser Hinweis nichts hilft. „Kleinwolfshausen heißt das garantiert nicht. Und guckt mal: ‚10 km'. So weit schaffe ich es sowieso nicht mehr!" Sie lässt sich ins Gras fallen.

„Ach nee, jetzt nicht schlapp machen!" Lilli streckt Karo die Hand hin und zieht sie wieder hoch.

Aber auch Dommi muss sich ausruhen: „Da vorne am Waldrand, da ist eine Scheune!" Dommi humpelt. Mit jedem Schritt wird er langsamer.

Endlich sind sie da. Dommi lehnt sich an die Holzwand und macht die Augen zu. Ganz blass ist er im Gesicht. Dann lässt er sich ins Gras fallen und bleibt mit geschlossenen Augen liegen.

„Mensch, Dommi, was ist?" Lilli fällt vor ihrem Freund auf die Knie und klopft ihm auf die Wangen.

Dommi setzt sich wieder auf, legt seine Hand auf Moritz' Rücken und sagt: „Nichts".

Karo macht hastig die Limo-Flasche auf: „Trink!" Dann kratzt sie die Krümel aus der Kekspackung zusammen und gibt sie ihm.

Endlich schlägt er die Augen wieder auf. Er beugt sich vor und versucht, seine Schuhe auszuziehen. Dabei verzieht er das Gesicht, als würde ihm ohne Betäubung ein Zahn gezogen.

„Was ist denn bloß?"

Jetzt sehen die Mädchen, was los ist: Dommi hat riesige Blasen am Fuß. Seine Ferse ist knallrot, aufgescheuert, das rohe Fleisch.

„Mensch, Dommi!"

„Warum hast du denn nichts gesagt?"

Dommi streicht mit der Hand über sein Bein: „Erst war's nicht so schlimm, als mir der Schnürsenkel gerissen ist. Ich wollte ja auch weiter! Aber jetzt bin ich total fertig."

„Ich auch!"

„Und ich auch!"

Die Überlebensausrüstung

Dommi schlägt die Beine übereinander und streckt seinen nackten Fuß in die Höhe. Karo lässt noch einmal die Limoflasche rumgehen.

Da ruft Lilli: „Guckt mal, da hinten! Zwei Radfahrer!“

Tatsächlich sind da zwei Menschen. Zwar weit weg, aber doch deutlich zu erkennen. Lilli springt auf.

Karo ist zu müde. Sie, die ihre Freunde die ganze Zeit so angetrieben hat, bleibt im

Gras sitzen. Lilli dreht sich um: „Soll ich hinlaufen?“

„Das schaffst du sowieso nicht!“

„Bis du da bist, sind die über alle Berge!“

Lilli hört nicht auf Karo und Dommi. Sie läuft und schreit und ruft und schwenkt die Arme hin und her. Plötzlich hält sie inne. Sie rast zu Karo und Dommi zurück: „Ich glaube, das sind Mark und Manni!“

Alle drei starren zu den Radfahrern hinüber.

Karo kann nichts erkennen: „Wieso denn gerade die? Ich glaub, du siehst schon Gespenster!“

Aber Dommi fühlt sich unwohl: „Wenn es die sind, hilft uns das überhaupt nichts. Wink sie bloß nicht her! Die machen uns fertig!“

Trotzdem setzt Lilli ihre letzte Hoffnung in diese zwei Gestalten, die da in aller Ruhe durch die Landschaft radeln. „Mensch! Die müssen uns doch sehen!“ Sie winkt und fuchtelt noch in der Luft herum, als die Radfahrer schon längst hinter einer Baumgruppe

verschwunden sind. Endlich kommt sie zu ihren Freunden zurück.

Sie sind jetzt wieder allein. Zu dritt allein. Hungrig, müde, und nun fangen sie auch noch an zu frieren.

Karo und Dommi werden immer ruhiger. Doch Lilli wird immer nervöser. Sie springt auf und setzt sich wieder hin. Sie knabbert an ihren Fingernägeln herum. Plötzlich beginnt sie zu reden: „Weißt du noch, Dommi, wie du damals von zu Hause abgehaun bist, und wir haben dich überall gesucht? Und dann warst du bei uns in dem alten Hühnerstall!“

Karo und Dommi nicken müde. Lilli spricht gegen die Ruhe an: „Mein Opa, der hatte Hühner. Die wohnten früher in dem Stall. Als ich klein war, hab ich mal ein Huhn mit in mein Zimmer genommen und unter dem Bett versteckt. Mein Opa dachte, der Habicht hat Berta geholt. Er war richtig traurig. Da habe ich ihm gleich gezeigt, wo Berta ist …“ Lilli sieht ihre Freunde an: Dommi ist eingenickt. Sein Wuschelkopf ruht auf der Brust. Und Karo schläft ausgestreckt im Gras.

Da bekommt Lilli es mit der Angst zu tun. Sie rüttelt Dommi wach und brüllt Karo ins Ohr: „Ihr könnt jetzt nicht schlafen. Aufwachen! Aufstehen!“

Dommi guckt Lilli an, als wäre sie eine Außerirdische: „Hab ich geschlafen?“

Karo brummt was und wälzt sich auf die andere Seite.

„Nicht schlafen, wir müssen weiter! Es wird bald dunkel!“ Lilli durchsucht ihre Hosentaschen. „Wir brauchen ein Pflaster für Dommis Blasen!“ Aber sie findet nur ein altes Tempotuch. Sie stapft im Kreis herum. Moritz läuft immer neben ihr her.

Karo setzt sich mit einem Ruck auf. „Mensch, der Mond ist ja schon am Himmel!“

„Sag ich ja die ganze Zeit!“ Lilli gibt Dommi ihr Taschentuch: „Bringt das was?“

Dommi legt sich das Tuch vorsichtig auf die Ferse. Er verzieht wieder das Gesicht. Es tut höllisch weh.

„Und deine Überlebensausrüstung?“, fragt Lilli.

Nun zieht Dommi aus seinen Jacken- und Hosentaschen alles Mögliche hervor: ein zusammengerolltes Nylonseil und einen Angelhaken, einen Spiegel, einen Stein und dickes Papier, eine Knallbombe und eine Leuchtrakete, ein dickes Messer mit hundert verschiedenen Funktionen und noch vieles andere. Nur ein einfaches Pflaster ist nicht dabei.

Karo blickt ungläubig auf die Sachen: „Und das schleppst du alles mit dir rum?“

„Das ist eine echte Überlebensausrüstung: Den Spiegel hier, den Reflektor, den hält man so, dass die Sonne sich darin spiegelt. Wenn man zum Beispiel auf einer einsamen Insel ist und ein Flugzeug sucht einen, dann sieht die Besatzung gleich, wo man steckt!“

Karo sinkt in sich zusammen. „Nur sind wir leider auf keiner einsamen Insel!“

Dommi zeigt, was er sonst noch hat: „Das hier ist eine echte Notangel, und hier

– Vorsicht! –, hier drin steckt die Leuchtrakete. Wenn man sich verlaufen hat zum Beispiel, also nachts, schießt man sie ab und dann leuchtet sie am Himmel …“

Alle drei gucken einander an. Dommi schluckt. Karo fährt sich durch ihr langes Haar.

Lilli spricht es aus: „Und wenn, also wenn wir jetzt nicht mehr zurückfinden und es richtig dunkel wird?“

Dommi dreht die Leuchtrakete in seiner Hand hin und her. „Ähem, ob die wirklich richtig geht, also, das weiß ich auch nicht. Ich hab sie noch nicht ausprobiert. Sie leuchtet ja auch nur einmal …“

„Wir müssen weiter!“ Lilli ist jetzt ganz entschieden.

Auch Karo springt auf: „Wir nehmen dich in die Mitte, Dommi, und haken dich unter!“

So ziehen sie fort. Drei müde Krieger, mit zerrissenen Kleidern und kaputten Schuhen, mit einem Ziel, aber ohne einen Schimmer, wie sie es erreichen sollen.

Moritz ist froh, dass es endlich wieder vorangeht. Er trippelt hin und her, läuft vor, sieht sich nach den dreien um und kommt wieder zurück. Er umkreist seine Freunde und beobachtet sie aufmerksam.

Dommi reißt sich zusammen. Der Fuß tut ihm furchtbar weh.

Karo gibt sich viel Mühe. Aber Dommi zu stützen und die schwere Tüte zu tragen, erfordert mehr Kraft, als sie hat. Lilli geht auf Zehenspitzen, um Dommi unterzuhaken. Sie ist ja kleiner als er.

Einige hundert Meter schleppen sie sich weiter. Dann bleiben sie stehen. Sie machen sich nichts mehr vor.

„Es hat keinen Zweck!"

„Wir packen das nicht!"

„Ich kann nicht mehr!"

Gefahren in der Dämmerung

In Karos Ohren rauscht es. Das ist die Erschöpfung. Lilli schnauft wie ein Tier. Und Dommi jammert leise vor sich hin.

Moritz winselt. Er leckt Dommi die Hand.

Da endlich hat Dommi eine Eingebung: „Mensch, Moritz, du mit deiner Spürnase!“

Dommi hockt sich zu seinem Hund. Er spricht mit ihm, ganz ernst: „Moritz, wir haben uns verirrt. Wir wissen nicht mehr weiter. Lauf zu den Bauern! Hol Hilfe! Lauf Moritz!“

Moritz sieht Dommi aus großen verständigen Augen an. Er begreift, ja, er begreift, was Dommi will. Wie zur Probe läuft er einige Schritte vor, dreht sich um, als wollte er sich vergewissern: „Soll ich wirklich laufen?“

„Ja, lauf!“, wiederholt Dommi. Und nun gibt es für Moritz kein Halten mehr. Er saust davon, schnell wie der Blitz. Schon ist er in der Tiefe des Waldes verschwunden.

Dommi ist erleichtert. Er lächelt sogar. Aber Karo und Lilli stehen unglücklich da.

Karo sieht sich um. „Jetzt haben wir nicht mal mehr Moritz.“

Lilli meint: „Du hättest uns ja wenigstens fragen können."

Dommi versteht die Mädchen nicht: „Warum ist uns das bloß nicht früher eingefallen? Moritz ist doch die ganze Zeit schon so nervös hin und her gelaufen. Der weiß garantiert, wo es langgeht."

Karo regt sich auf: „Ja, und? Was hilft es uns, wenn Moritz gut bei Hinterhubers ankommt?"

„… wenn die denken: ‚Ah, der Hund ist da, dann kommen die anderen auch gleich'?"

Aber Dommi ist sich ganz sicher: „Moritz ist doch nicht doof, der macht ihnen schon klar, was los ist!"

Karo nimmt Lillis Hand: „Mit Moritz hatte ich überhaupt kein Angst …"

Dommi hebt die schwere Plastiktüte hoch und humpelt unverzagt weiter: „In die Richtung ist Moritz gelaufen. Da in den Wald müssen wir gehen!"

Nach wenigen Schritten bleibt Karo wie angewurzelt stehen: „Da hat was geknackt!"

Sie drückt Lillis Hand ganz fest, ihr Herz schlägt bis zum Hals.

Auch Lilli horcht und geht nicht weiter.

„Irgendwas knackt immer!“, meint Dommi und pfeift ganz laut.

„Pschscht!“, macht Karo. Sie steht da und stiert immerzu in eine Richtung.

Nun bleibt auch Dommi stehen. Nun hört auch er es: Da ist jemand.

Lilli läuft es kalt über den Rücken.

Karo ist starr wie eine Salzsäule.

Dommi legt die Tüte mit dem Hundefutter ganz leise ab. Langsam und vorsichtig zieht er sein Messer aus der Hosentasche. Geräuschlos klappt er es auf. Lilli und Karo bleiben dicht hinter ihm.

Eine Weile tut sich gar nichts. Die drei stehen da und wagen kaum zu atmen. Sie starren unverwandt in das Dunkel des Waldes. Da knackt es schon wieder. Lauter als vorhin. Näher. Karo hält sich an Dommis linkem Arm fest.

Lilli flüstert: „Die Taschenlampe! Wo ist die Taschenlampe?“

Dommi behält sein Messer fest im Griff. Er macht Lilli ein Zeichen. Daraufhin greift sie in seine linke Jackentasche. Sie findet die Taschenlampe. Aber sie weiß nicht, wie man sie anmacht.

„Drehen!“, sagt Dommi.

Lilli dreht. Im Licht der Lampe leuchtet der Waldboden fremd und fahl. Zitternd richtet Lilli das Licht ein Stück weiter nach vorn. Da sehen es alle drei auf einmal: Eine riesige Wildsau durchpflügt den Boden mit ihrer kräftigen Schnauze. Überrascht von der Helligkeit, hält sie inne, schaut auf.

Dommi lässt das Messer sinken. Karo erwacht aus ihrer Starre. Und Lilli ist die Erste, die das Weite sucht. Dommi reißt sich die Schuhe von den Füßen. Karo kann auf einmal laufen wie ein Wiesel.

Lilli macht erst am Schuppen Halt. Sie schnaufen und keuchen und drehen sich immer wieder um. Aber die Wildsau hat sie nicht verfolgt. Sie hat sich einfach aus dem Staub gemacht.

Dommi leuchtet den Schuppen ab: „Viel-

leicht können wir da reinkriechen. Da kommt kein Schwein rein!“

„Ich kletter lieber auf einen Baum“, flüstert Lilli. „Das ist doch sicherer!“

Karo sagt gar nichts mehr. Sie zieht die Nase hoch, sie wischt sich über die Augen. Sie weiß einfach nicht mehr weiter.

Da ruft Dommi: „Das Hundefutter! Wir haben das Hundefutter stehen lassen!“

Aber den Mädchen ist das Hundefutter inzwischen ganz egal. Und Dommi kann sich auch nicht dazu durchringen, noch mal zurück in den Wald zu laufen. Sie kriechen aber nicht in den Schuppen, und sie klettern auf keinen Baum. Sie stehen einfach nur da und warten. Eine Ewigkeit. Irgendwann muss Moritz doch zurückkommen!

Aus der Ferne hört man eine Abendglocke. Alle Menschen sind jetzt in ihrem gemütlichen Zuhause. Und die drei Freunde stehen hier und wissen nicht weiter. Und dann ruft auch noch ein Käuzchen.

Plötzlich fasst Lilli Karo am Arm. „Ist da jemand?“, flüstert sie. „Keine Taschenlampe jetzt!“, haucht Karo Dommi ins Ohr. Auch er nimmt nun die Gestalt wahr, die unbewegt im Schatten des Schuppens steht.

Kein Knacksen. Nichts. Der andere ist genauso lautlos wie die Kinder. Er rührt sich nicht. Er gibt sich nicht zu erkennen. Was will er?

Die Freunde halten sich fest an den Händen und weichen ganz ganz langsam zurück. Der Unbekannte folgt ihnen nicht. Oder

doch? Hat er nicht bereits seinen Arm ausgestreckt? Und spürt man nicht schon seinen Atem auf der Haut?

Kein Gedanke will sich in den drei Köpfen mehr bilden. Kein Plan. Kein Ausweg. Nichts.

Da werden die Kinder von hinten angegriffen: Jemand rast auf sie zu. Es schnaubt und dröhnt. Lichter blenden auf, schon zerrt einer unerbittlich an den Hosen.

Karo werden die Knie weich. Lilli fühlt die Ohnmacht kommen. Dommi aber fährt herum und begreift endlich: Moritz ist es, der verzweifelt seinen Freunden zeigen will, dass er wieder da ist. Gefolgt wird er von einem Geländewagen.

Das Licht des Scheinwerfers streift den Schuppen. Da wächst eine junge Pappel, ein harmloser Baum. Weiter nichts. Das also war die fremde Gestalt. In dem Auto aber sitzen Herr Hinterhuber und seine zwei Kinder.

Ein Schnitzel für Moritz

Franz und Christl springen aus dem Wagen. Sie begreifen sofort, wie den drei Freunden zu Mute ist, und laufen auf die Verirrten zu wie alte Freunde.

Christl hängt sich an Karos Arm und sagt: „Jetzt haben wir euch ja gefunden!“ Es klingt wie die Beruhigung einer tröstenden Mutter. Dabei ist Christl viel jünger als Karo.

Franz hebt die Schuhe auf und stützt Dommi am Arm: „Gleich sind wir zu Hause!“

Nun steigt auch der Bauer aus. Er sieht sich die drei an und schüttelt nur den Kopf. Er schimpft nicht. Er fragt nicht, warum sie abgehauen sind. Er hält keine Predigten über gutes Benehmen. Karo, Lilli und Dommi sind ihm dankbar. Sie steigen in den Wagen und kraulen und tätscheln den glücklichen Moritz.

„Da habt ihr Massel gehabt!", meint der Bauer. Bevor er losfährt, dreht er sich noch mal um, als wollte er sichergehen, dass sie nun auch wirklich alle im Auto sitzen.

„Wir haben euch überall gesucht! Überall!" Franz zählt auf, in wie vielen Verstecken er nachgesehen hat.

„Sogar Mark und Manni sind mit dem Fahrrad rumgefahren!", erzählt die kleine Christl und macht ein ganz wichtiges Gesicht.

Karo ist überrascht: „Die?"

Lilli fällt ihr ins Wort: „Die Radfahrer! Ich hab's ja gesagt! Ich hab sie erkannt!"

Und Karo wiederholt immer wieder: „Bin ich froh, dass ihr uns gefunden habt!"

Dommi ist zu erschöpft, um irgendwas zu dem Gespräch beizutragen. Mark und Manni sind ihm im Augenblick auch völlig gleichgültig. Aber dann muss er doch was sagen.

Herr Hinterhuber will nämlich wissen: „Ja, wo wolltet ihr denn hin?"

„Ich musste doch Hundefutter für Moritz kaufen!"

Unwillkürlich geht der Bauer vom Gas runter. Er schaut Dommi an. In seinem Gesicht breitet sich ein Grinsen aus. Und dann sagt er, was er denkt: „Hundefutter? Hundefutter also! Und dafür gibst du Geld aus?"

Die drei Freunde verstehen den Bauern nicht.

Karo kommt Dommi zu Hilfe: „Ja klar, Moritz muss doch auch fressen!"

„Stadtkinder!", stellt Herr Hinterhuber fest. Er grinst noch immer.

„Bei uns fressen Hunde die Reste", sagt Franz.

„Genau!", bestätigt Hinterhuber. „Hunde sind nämlich Allesfresser, wie Menschen. Also, auf die Idee, extra zum nächsten Su-

permarkt zu fahren, um Hundefutter zu kaufen, käme bei uns im Dorf nun wirklich niemand!“

„Wenn geschlachtet wird, kriegen die Hunde auch was ab!“, erklärt Christl. „Das schmeckt denen ganz gut!“

„Iiih, schlachten!“, sagt Karo leise, damit es die anderen nicht hören. Aber Herr Hinterhuber hat es doch mitgekriegt: „Was meinst du wohl, woher das Fleisch in den Konserven kommt? Meinst du, die Rinder und Schafe reißen sich in Stücke, hupfen in die Dosen und rufen: ‚Bitte, bitte, fresst mich!‘?“

Franz und Christl müssen lachen.

Dommi dagegen denkt an die fünf schönen Dosen, die nun im Wald stehen. Und da ist ihm eher zum Heulen zu Mute: „Haben Sie denn was für Moritz?“

Franz ist begeistert: „Darf ich ihn füttern?“

Christl will sogar was von ihrer Lieblingsspeise opfern: „Schnitzel mag er bestimmt!“

Der Bauer brummt: „Na, siehste, verhungern wird er nicht!“ Er biegt in den Hof ein. Im Nu stehen die Bäuerin, Jennifer und Mark und Manni am Wagen. Sogar die Oma schiebt die Gardinen beiseite und schaut zum Küchenfenster hinaus.

Frau Hinterhuber nimmt jedes ihrer Gästekinder in den Arm und drückt es ganz fest. Da erst wird den drei Freunden klar, wie sehr die anderen sich um sie gesorgt haben.

„Ein Glück, dass ihr wieder da seid!“, wiederholt Frau Hinterhuber wohl hundertmal. Und Mark und Manni stehen da und glotzen und geben keinen Pieps von sich.

„Ich habe noch Suppe für euch!“ Die Bäuerin geht vor den anderen ins Haus und wärmt das Abendbrot auf.

Dommi, Karo und Lilli stolpern, so wie sie sind, ungewaschen und zerlumpt, in die Küche und machen sich über den Bohneneintopf her.

Lilli vergisst, dass sie in ihrem Leben nie mehr Bohnensuppe essen wollte. Dommi schlingt, als hätte er zu Hause niemals gemault: So ’ne grüne Pampe schon wieder?

Und Karo löffelt in einer Geschwindigkeit, dass einem beim Zusehen schwindelig werden kann.

Moritz sitzt neben dem Küchentisch und wird von Franz und Christl so verwöhnt, wie er es nach diesem aufregenden Tag verdient hat. Ein Leckerbissen nach dem anderen verschwindet in seinem Maul.

Und dann wollen Lilli, Dommi und Karo nur noch schlafen. Sie schleppen sich ins Mädchenzimmer und lassen sich auf die Betten fallen. Aber da haben sie mit Bauer Hinterhuber nicht gerechnet. Der donnert gegen die Tür und poltert: „Na, na, na, das geht nun aber wirklich zu weit! Hier ist das Mädchenzimmer! Verstanden?“

Schuldbewusst steht Dommi in der Tür. Ihm bleibt nichts anderes übrig, als zu Mark und Manni rüberzugehen.

Der Bauer wartet mit verschränkten Armen im Flur und kontrolliert. „So was gibt's bei uns nicht! Klar?“

„Ja!“, antwortet Dommi und verschwindet in seinem Zimmer. Er ist so müde und erschöpft, dass er nicht mal mehr Angst vor Mark und Manni hat. Er merkt auch nicht, wie neugierig die beiden ihn beobachten.

Manni räuspert sich. Und Mark fragt: „Wo wart ihr eigentlich?“

Dommi schreckt aus dem Halbschlaf hoch. „Wie? Das Wildschwein?“ Und dann ist er auch schon eingeschlafen.

Die Pferde sind los

Am nächsten Morgen müssen die drei sich erst einmal von ihren Schmutzkrusten befreien.

Doch es dauert nicht lange, da sind sie schon wieder dreckig. Sie gucken nach, was die jungen Hängebauchschweine machen, und spielen mit den kleinen Ziegen. Sie schnüffeln zusammen mit Moritz in der Scheune herum und misten den Pferdestall aus. Sie helfen Franz beim Hühnerfüttern und schneiden Schnittlauch im Garten.

Zufall oder nicht – Mark und Manni sind plötzlich dauernd in ihrer Nähe.

Manni hat die Hände betont lässig in den Hosentaschen. Er kaut Kaugummi und meint: „Nirgends was los hier?“

Franz gibt keine Antwort. Stadtkinder, die aufs Land kommen, um alles mies zu machen, kann er nicht leiden.

Lilli sagt knapp: „Macht doch selber was los!“

Und Karo brummt: „Langweiler.“

Da flüstert Mark seinem Bruder etwas ins Ohr. Daraufhin verschwinden die beiden kichernd im Pferdestall. Das klingt nicht gut.

Aber die drei Freunde kümmern sich nicht darum. Außerdem dürfen Dommi und Lilli mit Herrn Hinterhuber und Franz aufs Feld fahren. Stolz sitzen sie oben auf dem Traktor. Karo macht ein Foto nach dem anderen. Sie lacht sich halb schief.

„Warum lachst du?“, fragt die kleine Christl.

„Ach, weißt du, das sieht so lustig aus …“

Christl blickt Karo erstaunt an: „Lustig? Es stinkt und ruckelt, und wenn keine anderen Kinder da sind, fährt Franz ganz alleine!“

„Dein Bruder?“

„Ja!“

„Richtig Arbeit, was?“

„Hhm. Ich heirate später keinen Bauern.“

„Und wieso nicht?“, fragt Karo.

„Ich will auch mal in die Ferien, weit weg, so wie die anderen!“

„Verstehe!“, sagt Karo. „Ihr könnt die Tiere nicht allein lassen … Aber dafür lebt ihr auf einem großen Hof und könnt tun, was ihr wollt. In der Stadt ist alles viel enger. Wenn du Krach machst, regen sich die Nachbarn auf, und wenn du ein Haustier willst, musst du jahrelang betteln …“

Christl sieht Karo aus großen Augen an: „Darf ich auch mal zu euch kommen?“

Karo muss lachen: „Klar, wenn meine Eltern es erlauben.“

Jennifer kommt aus dem Haus gerannt. „Wo sind eigentlich meine Brüder?“

Karo zeigt in Richtung Stall: „Vielleicht da hinten?“

Jennifer läuft in den Stall und stößt einen spitzen Schrei aus.

Da sind Christl und Karo schon zur Stelle. Sie sehen, was los ist: Die Türen der Pferdeboxen stehen offen. Die hintere Stalltür ist auch sperrangelweit auf. Von den drei Pferden laufen zwei aufgeregt im Stallgang hin und her, eins hat sich offenbar aus dem Staub gemacht.

Christl bleibt einen Augenblick der Mund offen stehen. Aber dann handelt sie schnell. Sie führt die beiden Pferde in ihre Boxen zurück und verriegelt die Türen. Sie schnappt sich ein Halfter und ruft: „Kommt ihr mit? Amor einfangen!“

Natürlich kommen Karo und Jennifer mit. Christl stapft mit ihren kurzen Beinchen voran, über den Hof zu den Weiden. „So eine Gemeinheit!“, schimpft sie.

Karo und Jennifer begreifen sofort, dass sie Mark und Manni meint. Die haben bestimmt die Pferdeboxen aufgemacht.

Jennifer sagt gar nichts.

Aber Karo fragt sich, wie sie eigentlich ein Pferd ohne Lasso einfangen sollen. „Was meinst du, wo Amor ist?“

„Ach, hier irgendwo, wo das Gras gut schmeckt.“

Doch das Tier ist nirgendwo zu sehen. Der Weg gabelt sich.

Karo hat eigentlich keine große Lust, sich allzu weit vom Bauernhof zu entfernen: „Hoffentlich hat er sich nicht verirrt!“

Christl lacht. „Hier kann man sich doch nicht verirren. Hier sind doch nur Felder und Wälder!“

Karo schluckt. Wo sonst, wenn nicht hier auf dem Land, sollte man sich denn verirren?

„Wo wart ihr eigentlich gestern?“, will Jennifer plötzlich wissen.

Eine unangenehme Frage: Wenn Karo die Wahrheit sagt, wissen es Mark und Manni auch bald und machen Dommi fertig. Wenn sie lügt, wird Christl erzählen, wie erschöpft und abgerissen sie im Wald standen.

„Mehr in der anderen Richtung“, antwortet Karo beiläufig, „in Großwolfshausen. Und du?“

„Ich war bei den Nachbarn. Ich durfte sogar Kühe melken!“

„Und? Geht das?“

„Ganz schön schwer. Man darf nicht ziehen, mehr drücken!“

„Da hinten ist er. Wusst ich’s doch!“ Christl zeigt ins Tal. Da steht Amor ganz friedlich und grast.

„Ihr müsst hier bleiben, sonst krieg ich ihn nie!“ Die Kleine legt sich das Halfter zurecht und geht langsam auf das Tier zu.

Karo und Jennifer bleiben zurück und beobachten, wie geschickt Christl das Pferd einfängt.

Karo fragt Jennifer: „Warum sind deine Brüder eigentlich so blöd?“

„Keine Ahnung. Kommen sich wahrscheinlich toll vor, wenn sie so ’nen Mist bauen.“

„Und wo sind sie jetzt?“

„Weiß nicht, ich such sie ja selbst!“

Christl hat es tatsächlich geschafft. Stolz kommt sie mit Amor zurück. Das Pferd ist wohl doppelt so hoch wie sie, aber es macht brav, was die Kleine ihm befiehlt.

„Kannst du auch reiten?“, will Karo wissen.

Blöde Frage! „Na klar, was denkst du denn?“

Gerade als sie in den Hof einbiegen, kommen die anderen auf dem Traktor zurück.

Lilli strahlt: „Ich darf mir ein junges Hängebauchschweinchen aussuchen!“

Und Dommi ruft: „Ich bin selbst gefahren, auf dem Feld! Tolles Gefühl!“

Aber Bauer Hinterhuber wundert sich, warum seine Tochter Amor spazieren führt: „Was ist?“

„Die Boxen waren offen. Amor ist abgehauen.“

Herr Hinterhuber springt energisch vom Traktor herunter. Man merkt ihm an, dass er diesen Streich nun überhaupt nicht lustig findet. Dummheit verzeiht er. Aber gemeine Frechheit muss bestraft werden: „Wer war das?“

Jennifer blickt zu Boden. Karo zuckt mit den Schultern. Christl sieht ihren Vater groß an.

„Die können was erleben, die zwei!“, poltert Herr Hinterhuber.

Doch Mark und Manni lassen sich erst mal nicht blicken. Sie sind spurlos verschwunden.

Das Mittagessen ist schon längst vorüber,

als die Bäuerin fragt: „Hat eigentlich mal jemand in ihrem Zimmer nachgeschaut?"

Auf die Idee ist bisher noch niemand gekommen. Und tatsächlich! Die beiden hocken im Zimmer. Aber wie unverschämte Jungen sehen sie überhaupt nicht aus. Eher wie zwei hilflose Häufchen Unglück. Manni liegt zusammengekugelt auf dem Bett und krümmt sich vor Schmerz. Mark kauert neben ihm und redet auf seinen Bruder ein.

Die Kinder stehen in der Tür und starren die beiden Übeltäter mit offenen Mündern an.

Doch Bauer Hinterhuber hat kein Mitleid: „Platz da!" Er baut sich vor Mark und Manni auf. „Wer hat die Pferde rausgetrieben?"

Mark wagt nicht, Herrn Hinterhuber in die Augen zu sehen. Manni dreht sein Gesicht zur Wand.

„Wird's bald?" Der Bauer will eine Antwort.

„Die Mädchen haben gesagt, wir sollen sie losmachen!"

Das hätte Mark nicht behaupten sollen. Wie drei Racheengel stürzen sich Karo, Christl und Jennifer auf Mark und sparen auch nicht mit Spott.

„Eine unglaubliche Unverschämtheit!"

„Frech, aber dann feige!"

„Lügen-Mark!"

Wenn Frau Hinterhuber nicht dazwischenführe, würden sie ihm wohl noch die Haare vom Kopf reißen.

Endlich fragt die Bäuerin: „Was ist denn überhaupt, Manni?"

Alle stehen um sein Bett herum und sind gespannt.

Langsam dreht Manni sich um: „Gebissen hat er mich." Es klingt sehr wehleidig.

Dommi kann sich ein Grinsen nicht verkneifen. Die kleine Christl hält sich die Hand vor den Mund, um nicht loszuprusten.

Aber Herr Hinterhuber sagt streng: „Hose runter!"

Das will Manni vor der versammelten Mannschaft nicht. Doch ihm bleibt nichts anderes übrig. Bauer Hinterhuber steht da und macht nicht den Eindruck, als wollte er einlenken. Manni zieht die Hose aus. Auf seinem blassen Oberschenkel ist ein großer, kreisrunder, dunkelrotvioletter Fleck.

Frau Hinterhuber schüttelt den Kopf: „Oh, Oh! Das muss sich der Arzt anschauen. Hoffentlich ist nichts gebrochen!“

Ihr Mann wirft einen grimmigen Blick auf die Quetschung und schimpft: „Nichts wie Ärger!“

Er lässt nicht locker: „Wie ist das passiert?“

„Er hat ihn einfach gebissen!“, sagt Mark mit Unschuldsmiene, „der große Braune.“

Aber das glaubt der Bauer nicht: „Der beißt nicht einfach so. Den habt ihr geärgert. Dann wehrt er sich natürlich! Komm jetzt!“

Manni steigt vorsichtig wieder in seine Hose, und dann trottet er wie ein begossener Pudel hinter Bauer Hinterhuber her.

Ein Schweinchen fährt Zug

Es dauert eine ganz Weile, bis Herr Hinterhuber und Manni wieder zurückkommen.

„Geröntgt musste es auch noch werden!“, brummt der Bauer und wirft die Fahrertür zu.

Jennifer ist nun doch besorgt um ihren Bruder: „Und, was ist?“

„Halb so schlimm“, sagt Herr Hinterhuber, während sich Manni hinten aus dem Auto quält. Besonders angenehm muss der Ausflug mit dem Bauern nicht gewesen sein.

Herr Hinterhuber macht sich wieder an die Arbeit. Die Kinder stehen da und gucken den unglücklichen Manni an. Auch Mark weiß nicht, was er sagen soll.

Endlich geht Dommi auf Manni zu: „Wenn du willst, kannst du ja mit uns mitkommen!“

Manni lächelt verlegen. Und dann ziehen alle zusammen durch das Dorf. Franz erklärt stolz, welcher Bauernhof seinem Onkel gehört und welcher dem Bürgermeister. Sie schauen bei Sepp, dem Schreiner, vorbei und sitzen bald allesamt auf dem Anhänger von Herrn Hinterhubers Bruder. Sie sind dabei, als ein Tank mit Wasser auf die Weide zu den Kühen kommt, und können die Eier aus den Hühnernestern holen.

Jeden Tag ist etwas anderes los. Der Jäger hat ein Reh geschossen und zeigt es den Kindern. Der Tierarzt kommt und untersucht die Kühe. Die Freunde dürfen in den Speicher und das Heu herunterwerfen. Sie zimmern sich ein Gartenhaus und besuchen die Töpferin.

Mark und Manni sind wie verwandelt, das heißt: Sie benehmen sich endlich wie ganz normale Kinder.

Frau Hinterhuber stellt zufrieden fest: „Na, wir haben bisher noch alle geheilt!"

Die Zeit vergeht wie im Fluge. Konnten Lilli, Karo und Dommi sich am Anfang nicht vorstellen, wie sie es hier ganze zehn Tage lang aushalten sollen, so wissen sie nun, am Ende der Ferien, nicht, wie die Zeit so schnell vergehen konnte. Lust auf Abreise hat keiner. Aber es hilft nichts: Sie müssen packen.

Karo stopft ihre Klamotten in den Koffer und stöhnt: „Was habe ich mir bloß dabei gedacht?" Sie zieht ihre Plateauschuhe unter dem Bett hervor und betrachtet sie kopfschüttelnd.

Die kleine Christl fährt mit dem Zeigefinger andächtig über den Lack. Karo knüllt ihren Samtschal zusammen und weiß im Moment gar nicht, wohin damit. Da merkt sie, wie Christl die Party-Klamotten bewundert: „Magst du den? Kleine Erinnerung an mich.“

Christl ist begeistert. Sie legt sich den Schal gleich um und rennt raus, damit alle sehen, was sie Neues hat.

Lilli kommt mit einem quiekenden Hängebauchschweinchen auf dem Arm aus dem Stall. Frau Hinterhuber hat schon ein Transportnest hergerichtet, in einer Kiste.

Dommi steht mit Franz auf dem Hof und erklärt ihm seine Überlebensausrüstung: „Kannst dir was aussuchen.“

Franz wühlt begeistert in Dommis Schätzen. Er entscheidet sich für die Notangel.

Sie tauschen Adressen mit Jennifer. Sogar Mark und Manni versprechen, mal zu schreiben. Moritz bekommt noch jede Menge Streicheleinheiten, und dann soll es endlich losgehen.

Herr Hinterhuber sitzt schon ganz ungeduldig im Wagen, und der Motor läuft. Aber Karo rennt in den Stall. Sie muss unbedingt noch mal den Pferden Tschüss sagen.

Dommi zeigt Mark noch schnell, was man mit seinem Taschenmesser alles anfangen kann.

Und Lilli fragt Frau Hinterhuber Löcher in den Bauch: „Kann ich das Schweinchen nachts allein im Stall lassen? Wird es stubenrein, wenn es groß ist? Welches Gemüse ist als Futter wohl am besten? Ob es meinen Hasen auch mag?“

Winkend und rufend verlassen sie den Hof. Auf der ganzen Fahrt reden sie durcheinander. Sie erzählen Bauer Hinterhuber, wie sie versucht haben, Kühe zu melken. Sie fragen, wie er den Ziegenkäse eigentlich macht. Sie erkennen ein Waldstück wieder, in dem sie sich verlaufen haben, und zeigen auf einen Habicht, der auf einem Weidepfosten sitzt.

Der Bauer schmunzelt. „Na, Hauptsache, es hat euch gefallen!“

Er fährt am Bahnhof vor und hilft, Taschen und Koffer auszuladen. Dommi nimmt Moritz an die Leine. Lilli hält die Kiste mit dem kleinen Schweinchen in den Armen.

Karo streckt dem Bauern die Hand hin: „Danke! War wirklich schön!“

„Und viele Grüße an Franz!“, ruft Dommi.

„Und an Christl!“

„Gute Reise!“ Herr Hinterhuber winkt kurz, dann wendet er den Wagen und fährt gleich wieder weg.

Die drei haben noch etwas Zeit. Sie gehen in die Halle. Lilli stellt die schwere Kiste ab: „Ob ich für das Schweinchen auch eine Fahrkarte brauche?“

„Klar!“, meint Dommi, „Moritz muss ja auch zahlen!“

Karo macht schon ihr Portmonee auf. „Ich hab noch genug Geld. Ich kann dir was leihen.“

Am Schalter sagt Lilli: „Eine Fahrt, einfach, für ein Schweinchen bitte!“

Der Beamte fühlt sich veralbert: „Schweine befördern wir nicht!“

Lilli dreht sich fragend zu den Freunden um.

„Nimm doch einfach eine Hundekarte!“, meint Dommi.

„Dann bitte eine Karte für einen Hund!“, sagt Lilli und bekommt die Fahrkarte.

Der Zug ist voll. Die drei Freunde quetschen sich mit ihrem Gepäck durch den Gang. Aber sie finden nur einen einzigen freien Platz. Lilli stellt ihre Schweinekiste auf den Sitz. Moritz hockt sich brav unter die Bank. Lilli, Karo und Dommi bleiben stehen.

Die Reisenden beäugen die Kiste, in der es raschelt und manchmal auch quiekt. Manche gucken neugierig herüber, manche auch misstrauisch.

„Was habt ihr denn da?“, fragt eine nette alte Frau.

„Ein Schweinchen!“, antwortet Lilli stolz.

Das hätte sie besser nicht gesagt. Hunde, Katzen, Kaninchen, ja, die darf man mit sich rumschleppen. Aber ein Schwein?

„So eine Schweinerei!“, sagt ein Mann im Nadelstreifen und rümpft die Nase. Dabei stinkt es gar nicht.

Ein anderer pflichtet ihm bei: „Das ist hier doch kein Viehtransport!“

„Schweine sind mit Menschen sehr verwandt!“, behauptet Lilli. „Wollen Sie es mal sehen?“

„Um Himmels willen!“

„Nein, wirklich nicht!“

Nur die alte Frau sagt: „Hat es denn auch einen Namen?“

„Bis jetzt noch nicht.“ Lilli überlegt: „Aber vielleicht nenne ich es ja ‚Klein-

Wolfi'. Es ist nämlich in Kleinwolfshausen zur Welt gekommen."

Karo und Dommi kichern: „Oder ‚Groß-Wolfi'."

Der Mann im Nadelstreifen blickt missbilligend über seinen Brillenrand und vertieft sich dann wieder in seine Zeitung.

Das Gespräch erstirbt. Nur das Rascheln in der Kiste unterbricht die gespannte Stille.

Schon lange bevor der Zug hält, ziehen Karo, Lilli und Dommi mit Sack und Pack in Richtung Ausgang.

Mit gespielter Freundlichkeit verabschiedet sich Lilli: „Gute Weiterreise!"

Karo und Dommi kichern schon wieder: Da, wo die Schweinekiste stand, ist eine kleine glänzende Pfütze zurückgeblieben.

Lilli hat es eilig, in einen anderen Waggon zu kommen: „Das kommt davon, wenn man nicht gewollt wird! Klein-Wolfi hat sich bestimmt furchtbar aufgeregt!"

„Schweinchen sind ja so sensibel!", sagt Karo, und sie halten sich die Bäuche vor Lachen.

Aber auch Karos Mutter findet das Mitbringsel erst mal gar nicht zum Lachen. Sie steht am Bahnsteig und nimmt die drei Freunde in Empfang: „Was habt ihr da denn? Und wie seht ihr denn aus?“

Sie guckt von einem zum anderen: „Habt ihr euch überhaupt mal gewaschen?“

Das können die drei nicht auf sich sitzen lassen:

„Klar!“

„Immer!“

„Jeden Tag!“

Frau Vogel wirft einen misstrauischen Blick auf die Kiste: „Und das?“

„… gehört mir!“, verkündet Lilli stolz. „Ein Schweinchen!“

Frau Vogel schüttelt den Kopf: „Da werden deine Eltern sich aber freuen!“

Sie fahren alle zusammen zu Karo nach Hause. Jakob steht schon in der Tür und will wissen, wie es war.

Karo begrüßt ihren Bruder fröhlich: „Das Essen war schlecht! Und die Betten steinhart.“

Jakob freut sich richtig: „Siehste! Hab ich doch gleich gesagt!“

Dommi setzt noch eins drauf: „Die anderen haben erst ziemlich genervt! Und stell dir vor: In dem Dorf gab's nicht mal 'nen Supermarkt!“

Jakob ist sehr zufrieden: „Ha,ha, herrlich!“ Doch dann vergeht ihm das Lachen.

„Und trotzdem war es sooo schön!“ Karo verdreht die Augen vor Begeisterung.

„Wie sollen wir es eigentlich hier in der stinkigen Stadt aushalten?“ Lilli steht da und sieht ihre Freunde wehmütig an.

„Da gibt es nur eins: Wir fahren da bald wieder hin!“, erklärt Dommi.

Jakob bleibt der Mund offen stehen, und er versteht die Welt nicht mehr. Die drei Freunde aber sind nun schon mal beim Erzählen. Und da fällt ihnen noch alles Mögliche ein:

„Natürlich haben wir auch Kühe gemolken!“, meint Lilli.

„Wir haben Wildschweine gejagt und Rehe aufgescheucht!“, behauptet Karo.

„Na, na, nun übertreibt ihr aber wirklich!“, meint Frau Vogel.

Doch Dommi sagt es auch: „Ich hatte schon das Taschenmesser gezückt, um die Wildsau zu zerlegen. Aber sie war so zäh!“

Jakob sieht die Freunde mit großen Augen an.

Karos Mutter wechselt lieber das Thema: „Und wie hat's Moritz gefallen?“

Nun überschlagen sich die drei in ihrem Lob für Moritz: „Moritz, der hat uns gut geführt, wenn wir so durch die Wälder gestreift sind …“

„Moritz ist tausendmal mehr wert als ein Kompass!“

Dommi kniet sich zu seinem Hund: „Moritz, Spürnase, ohne dich wären wir verloren gewesen!“

„Tja, wir haben eben Schwein!“, sagt Lilli und nimmt ihr kleines Hängebauchschweinchen auf den Arm.

Echte Freunde

SERIE VON
SABINE JÖRG

Echte Freunde
(Band 1)
Die beiden Ausreißer

Echte Freunde
(Band 2)
Zwillinge abzugeben!

Echte Freunde
(Band 3)
Glück gehabt, Karo!

Echte Freunde
(Band 4)
Spürnase Moritz